JN060582

リサ・トンプソン 著
櫛田理絵 訳

ぼくと石の兵士

PHP

1

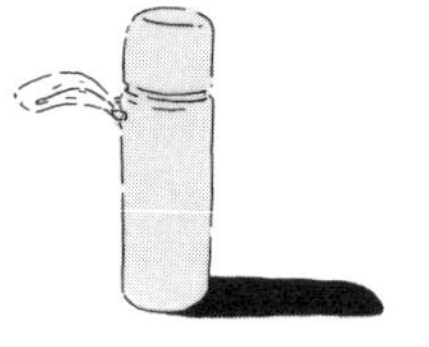

だれにだって、秘密にしてることってあるよね？　じつは銀行強盗しちゃったとか、うっかりおばあちゃんに毒をのませちゃったとか、そういう、とんでもないのじゃなくて、そう、ちょっとした秘密ってやつ。心の奥底にそっとしまってあって、たのむから、みんながいる前で急にのどからこみ上げて出てこないでねって、思っているような秘密のこと。
　そういう秘密の中には、ひょっとすると、こんなのもあるかもしれない。将来は、ハリウッド映画のスタントマンになりたいとか、じつはA

組のアメリア・キャリーに気があるとか。それとも――そう、ぼくみたいに、ちょっと変わった秘密をかくしている人もいるかもしれない。公園のベンチにすわって兵士とおしゃべりするのが好き、とかね。兵士といっても、生きてる本物の兵士じゃない。石で作られた兵士のことだ。

その兵士の石像は、町の公園にある。公園といっても、今ではもうほとんど使われてなくて、近道するときに中をつっきるぐらいだ。トイレもあるけど、おんぼろなうえ、まどには鉄格子がはめられ、いつ見てもカギがかかっている。

公園の真ん中には、自由に使えるテニスコートもある。ただ、夏にネットを持ち帰った人がいて、今では舗装された長方形の地面と、まわりのフェンスだけが残っている。

ぼくはこの公園を、いつも学校の行き帰りに通っている。とちゅう、

高い生垣で仕切られた庭がある。戦没者記念庭園だ。ぼくは通りすがりにかならず、この庭園の中をちらっとのぞく。すると、いつもベンチにひとりぽつんとすわっている石の兵士のすがたが見えるのだ。

それがある日のこと、いつものように中をのぞくと、兵士のようすが、なんだかいつもとちがっていた。よく見ると、兵士のぼうしのてっぺんが白くよごれている。はじめは、落書きかなにかだろうと思ったけど、少し近づいてみると鳥のフンだとわかった。

あたりにだれもいないのを見て、ぼくは生垣の中に入り、兵士のところまで行ってみた。そしてカバンから水筒を取り出すと、中の水を少しずつ兵士の頭のてっぺんにかけながら、フンを洗い流していった。ぼうしのへりから水がしたたり、兵士の顔をつたってゆく。

ぼくは、ベンチのとなりにこしかけて、兵士に言葉をかけた。

「泣くことないって」

顔からたれた水が、ポタポタとかわいた土の上に落ちてゆく。

「ずっと頭にフンをくっつけたままなんて、いやだろ？　すごくまぬけに見えちゃうよ」

石の兵士は、じっと地面を見つめている。第一次世界大戦の軍服すがたで、両うでを足に置き、前かがみのかっこうで、ベンチにこしかけている。

通りすがりにしょっちゅう目にはしていたけど、こんなにすぐそばで見たのは、はじめてだ。

兵士のひたいには、いく筋かのしわが刻まれ、くちびるは、きつく結ばれている。あごは一部が欠けていて、足にはいているブーツの片方は、半分から先がなくなっていた。きっとこの場所に、かなり長いことすわりつづけてきたのだろう。

「好きで兵士になったの？」

ぼくは、兵士の顔をじろじろ観察しながらたずねた。

前にいちど、父さんが話してくれたことがある。第一次世界大戦では終戦に近い二年間、人々はいやおうなく戦いにかり出されたって。国を治めるえらい人たちが、みんなをむりやり戦争に行かせたんだ。

きっとこの石の兵士も、そうやってかり出された人たちのひとりだったんだろう。あんまり勇ましそうな感じじゃないし。ただ命令にしたがって、しかたなく戦争に行ったってだけの、ふつうの人にしか見えない。

「本当は兵士になんか、なりたくなかったんじゃない？」

ぼくは水筒をしまいながらそういうと、カバンの底の方からティッシュを取り出した。だいぶ前に母さんがカバンに入れた、黄色いアヒル柄のティッシュだ。こんなティッシュ、はずかしすぎて学校じゃ使えない。それなのに、ついついすてるのをわすれ、カバンに入れっぱなしになっていたのだ。

ぼくはティッシュを一枚取り出すと、兵士のほっぺたに残っている水をふき取っていった。

「アヒルのティッシュでごめんね」

これでもう、泣いているようには見えないし、見た目もいくらかよくなった気がする。ぼくはティッシュをもう一枚使って、まだぼうしに残っていたフンをふき取ると、ベンチから立ち上がり、生垣のそばのゴミ箱にすてた。

生垣のうらにある、この戦没者記念庭園は、庭園っていう名前がついているわりには、花も木も植えられていない。あるのは、ベンチにすわった兵士の石像とゴミ箱、それに、第一次世界大戦で戦死した町の人たち二十五人の名前が刻まれたプレートだけだ。

石の兵士は、この二十五人のうちのだれなのか、前にいちど父さんにたずねてみたことがある。

父さんの答えはこうだった。この兵士の像は、戦争で亡くなった兵士みんなを表していて、とくにだれかの像というわけではないんだよ、と。

もしこの兵士が実在していたとしたら、どの部隊に所属していたんだろう。父さんに聞いてみたいけど、その父さんとは、もう二年も会っていないし、聞きようがない。

ぼくはベンチにもどって、アルミホイルの包みを取り出した。中身は、お昼に食べきれなかったサンドイッチの残りだ。ふだんなら、ハムとレタスをはさむんだけど、その日の具材はシーフードスティックだった。棚をあさって見つかったのが、これだけだったからだ。

サンドイッチを食べていると、兵士の背中で陽の光がちらちらっと動き、いっしゅん、兵士が深呼吸したように見えた。

ぼくは、アルミホイルをくしゃくしゃに丸めてカバンに入れると、立ち上がった。

「えっと、じゃあ、また明日ね」

ぼくは兵士にそういうと、生垣の外に出た。

これが、そもそものきっかけだった。

この日から、ぼくは石の兵士に話しかけるようになったのだ。

2

次の日の一時間目は国語だった。国語は、ぼくがいちばん苦手とする科目だ。国語のたんとうはジェニングス先生。若くて、じょうだんをよくいう、やさしい男の先生だ。

ただし、ジェニングス先生にはこまったところがあって、「積極的発言」とかいうのを、すごくだいじにしている。だいじにするあまり、自分のつくえのうしろのかべに、こんなはり紙までしている。

「だれにだって意見はある。
その意見に耳をかたむけよう！」

先生っていうのは、授業中よく質問するものだけど、ジェニングス先生の場合、そのレベルがふつうじゃない。次から次へと、ひっきりなしにあててくるんだ。ひどいと、わざわざ起立までさせられて、そのとき授業で取り上げている本の中で、いちばん好きな部分を、大声でいわされることもある。みんないっせいにじゃなくて、ひとりずつ順番に答えさせられるんだ。

ぼくがジェニングス先生の授業をきらう理由、それは、みんなの前でしゃべるのが大の苦手だからだ。

今日の授業は詩だった。先生は、まず詩を一篇読み聞かせてから、みんなの席を回り、だれかれかまわずあてては、その詩の好きなところと、苦手なところを答えさせていった。

「カイル！　今の詩を聞いて、この詩を書いたルパート・ブルックは、戦争にさんせいだったと思う？　それとも反対？」

たずねるときの口調もやさしいし、たとえだれかが的はずれな答えをいったとしても、ジェニングス先生はけっしておこったりしない。だけど、あてられて、なにも答えないでいると、とたんにきげんが悪くなる。

今日、ジェニングス先生はぼくをあててきた。

「よし、オーエン！　この詩に出てくる〈ぼくらの若さをとらえた〉という表現だが、作者のルパート・ブルックはこの言葉で、どういうことを伝えたかったんだろう？」

クラスじゅうから、うんざりしたようなうめき声があがった。

ほかの先生だと、ぼくが授業中に発言したがらないのを承知していて、わざわざあててきたりはしない。その点、新しくきたジェニングス先生はちがった。

答えならちゃんとわかっている。それなのに、顔はほてり、頭の中で言葉がごちゃまぜになってゆく。それを、いっしょうけんめい正しい語順にならびかえながら、ぼくはおそるおそる口をひらいた。

ジェニングス先生はうで組みして、自分のつくえのはじっこにこしかけ、答えを待っていた。

「さあ、オーエン、きみはどう思う？　みんなに聞かせてくれないか」

先生はそういうと、親しみをこめてにっと笑った。

ぼくは、いったんひらきかけた口をつぐみ、うつむいて首を横にふった。

ジェニングス先生のため息が聞こえた。

「ふう。残念だが、オーエンはみんなの前でいいたくないそうだ。だれかかわりに、意見を出してくれるものは？」

制服のシャツがこすれる音がして、二、三人の手があがった。

ぼくはちょっと気が楽になった。今日のところはもう、ジェニングス先生にあてられることはないだろう。とりあえずは安心だ。

その日の最後は地理で、こっちは楽勝だった。なぜって、海岸の浸食についてのビデオを見るだけだったから。

やがて終業をつげるベルが鳴り、ぼくはまっさきに教室を出た。みんなが、まだつくえにイスをしまっているころ、ぼくはとっくに家に向かって歩きだしていた。

そのままずんずん歩いて、公園のところで道を折れ、戦没者記念庭園の方に向かう。

今日の兵士はフンをくっつけてはいなかった。ぼくは兵士のとなりにこしを下ろすと、カバンからシーフードスティックのサンドイッチを取り出して食べた。

「ジェニングス先生ってさ、自分で自分のことを最高の先生みたいに思ってるんだよ。そんなことないのにさ」

ぼくはさらにつづけた。

「自分は、すごくかっこよくて、きまってて、そんじょそこらの先生とはちがうぞ、とか思ってるんだ。でも、そんなの、教えるのと関係ないし。ほんと、くだらないよ」

石の兵士は、前方の地面をじっとにらむようにして、ぼくの話を聞いている。

「べつにぼくだって、答えがわからなくて、だまってたわけじゃないんだよ。ちゃんとわかってたさ。あの〈ぼくらの若さをとらえた〉っていうのが、どういう意味か」

ぼくはアルミホイルをくしゃくしゃに丸めて、ゴミ箱に向かって投げた。ホイルは入りそこねて地面に落っこちた。ぼくはホイルをひろってゴミ箱にすててから、またベンチにすわり直した。

「ルパート・ブルックはね、戦争がはじまってうれしかったんだよ」ぼくは兵士にいった。

「あの詩はね、ルパートやその友だちが、戦争に行くことになって、わくわくしている気持ちを読んだものなんだ。戦争が若さを〈とらえた〉っていうのは、そういうこと。わかる？」

ぼくは、ぼうしにかくれた兵士の顔をのぞきこみながらたずねた。

「兵士さんの場合はちがったんだよね？　戦争なんて、ちっとも行きたくなかったんじゃない？　もしかしたら、兵士さんもいやいや戦争にかり出されたうちの、ひとりなのかもね」

ぼくはカバンから水筒を取り出すと、ゴクゴクのんだ。

「きっと、ものすごくこわかっただろうな……」

そう小さくささやくと、足で地面をこすり、うで時計を見た。あと十五分ほどで四時になる。でもまだ家には帰りたくなかった。きっと母さんはいつもの場所、ソファの上だ。そして、ぼくにこうたずねるんだ。今日はどうだった？　って。するとぼくは、こう答える。最高の一日だったよって。国語の授業では、詩についてたずねられて、自分の意見をちゃんと発表できたよって。それを聞いて、母さんはにっこりほほえむんだ。だけど、その目は笑っていない。この兵士の像みたいな、うつろな目をしている……。

「ねえ、ぼくが兵士さんぐらいの年になったら、なにになりたいかわかる？」

ぼくは兵士にたずねた。

「スタントマンさ」

これは、でたらめじゃない。ぼくは、本当にスタントマンになりたかった。スタントマンは、たくさんの人気映画に出られる。それでいて、ひとこともしゃべらなくてすむ。おまけに、勇かんな職業ときている。

これまでスタントマンについて書かれたものを片っぱしから読みあさったけど、どうもスタントマンになるには、いろんなテクニックが求められるらしい。ぼくはそれを、できるかぎり独学で身につけようとしていた。

「ねえ、ぼくが今なにを練習してるか、わかる？」

そういうと、兵士のうでをぽんとたたいた。

「前転さ。たかが前転って思うかもしれないけど、これをおろそかにしちゃいけない。ただの前転ってわけじゃないからね。とにかく、これがかんぺきにマスターできてはじめて、もっと複雑な動きもできるようになる。戦いのシーンとか、階段を転げ落ちるシーンとかね。どんな場面であっても、転がったときにけがをしないようにしておかなくちゃ」

少なくとも、ユーチューバーの人は、そういってた。

「やってみせようか？」

ぼくはベンチから立ち上がると、まわりにある石を足でどけた。

「ポイントは、肩を使って回ることだよ」

ぼくは兵士に説明した。

「頭がちょっとでも地面にふれたらアウトだ。見てて」

ぼくは身をかがめて、かわいた地面に片ひざをついた。両手を下ろし、頭を左わきの下に引きよせながら、右肩をついてくるっと回る。その転がったいきおいのまま、ぱっとはね起きる。ネットでユーチューバーの人がやっていたとおりだ。

ぼくは手のひらにくっついた小石をはらい落とした。

「どう？　けっこう動きが速くて、びっくりしたんじゃない？　だいたい、これまでに百回ぐらい練習したかな。完成まであと一歩ってとこだね。これができるようになったら、次は後転と横転の練習に入るんだ」

ぼくは、シャツの背中とズボンについた砂をはらった。なるべく洗たくの手間をはぶけるようにしておかなくちゃ。今の母さんには、そういったこともストレスになるから。

カバンを手に取り、兵士の方を見る。からだはそんなに大きくないけど、そでをちょっとまくり上げた感じは、けっこう強そうに見える。この兵士も、きっといいスタントマンになれていただろう。

「じゃあ、また明日ね」

ぼくは兵士のぼうしをぽんとたたいてあいさつすると、くるっと向きを変え、家へと帰っていった。

3

よく朝、ぼくは学校にちこくした。ちこくしたときは、事務室へ行くことになっているのでそうした。

事務員のバックマンさんに、「目覚まし時計が鳴らなかったから」とちこくの理由を説明すると、バックマンさんはぼくの顔をじっと見つめてきた。相手が本当のことをいっているかどうか、見きわめようとするみたいに。

「出席簿に、ちこくの印がついちゃうわね」

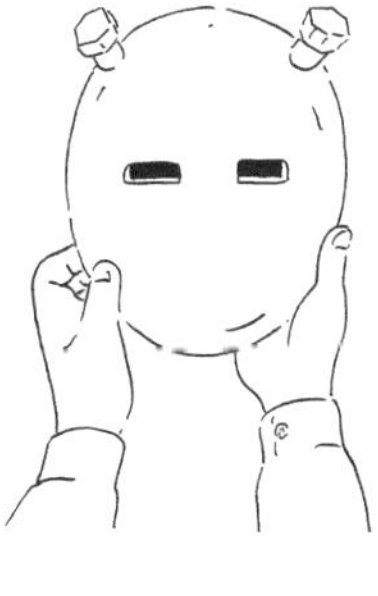

バックマンさんはさらにこういった。

「ねえ、オーエン、本当に目覚まし時計のせいなのね？　ほかの理由じゃなくて」

ぼくは、目の前のつくえに置かれた来訪者台帳に目を落とした。これ以上、バックマンさんの目を見ていたくなかった。

「そうです」とぼくは答えた。「新しい電池にこうかんしなくちゃ。そしたら、もう明日からはちこくしません」

バックマンさんが、ペンでコツコツとつくえをたたく。

「……そう、わかったわ。じゃあ、一時間目の授業へ行って。今ならまだ出欠を取り終わったぐらいだから、授業にはまにあうわ」

さっきバックマンさんには、ああいったけど、学校におくれたのは目覚まし時計のせいじゃない。朝、母さんがおふろ場で泣いていたからだ。ぼくは、おふろ場の外にすわって、ドアごしに言葉をかけ、母さんをなだめなくちゃやならなかった。

ようやく出てきた母さんは、「ごめんね」とあやまってから、ぼくをぎゅっと抱きしめた。ぼくは、そんな母さんをうながすようにして一階におり、ソファにすわらせると、朝食のトーストとコーヒーを用意した。それから、急いでしたくをすませ、走って学校へ向かった。兵士のところに立ちよって、声をかけているよゆうはなかった。

一時間目は図工だった。図工はぼくの大好きな科目だ。ほんのちょっとのおくれも取りたくなくて、ぼくは急いで教室へ向かった。

このところ図工の授業では、ねんどのお面作りをやっていて、ぼくはこの時間をとても楽しみにしていた。

図工のキャノン先生は、みんながその気になれば、いくらでもすばらしいものが作れるっていう。しかも、あれこれいわず、すぐに取りかからせてくれる。ジェニングス先生のように、「積極的発言」を求めてくることもない。

ぼくは教室に入ると、いつものように、部屋のすみっこの席にすわった。

キャノン先生がみんなの席を回り、ひとりひとりに作りかけのお面を配ってゆく。お面はかわかないよう、ひとつずつラップでくるんであった。

「みんな、とてもよくがんばってるわね。きっと、すばらしい作品にしあがるわ」

先生が、つづけていう。

「先生の手が必要なときは、いつでも手をあげてね」

先生は、ぼくのつくえにお面を置くとき、にっこり笑いかけていった。

「すごくいいわ、オーエン。このシンプルさがすてきね」

ぼくは、お面のラップをそうっとはがしながら、にこっと笑った。

だいたいの子は、アフリカの部族のお面とか、仮面舞踏会でつけるようなお面を作っている。その点、ぼくのお面はみんなのとは似ても似つかない斬新なものだった。まず、ねんどをのばして表面をつるんとさせたところに、小さな長方形の穴を二つあけて目にする。そこへ、ナットやボルトのような形をした部品をねんどで作り、ひたいの両わきにくっつけてゆくのだ。ちょうどＳＦ映画に登場するようなお面にしたかった。将来スタントマンになったら、宇宙での戦闘シーンなんかで、こういうお面をつけることになるかもしれない。

ちょうど、お面につける四角い部品を作っていたときだ。横にだれかの気配を感じ、顔をあげるとメーガンが立っていた。選択授業でよくいっしょになる女の子だ。

「ねんどをのばすもの、かしてくれない？」

ぼくはヘラを取って、メーガンに手わたした。

メーガンが、ぼくのお面をじっと見つめる。

「ほんと、よくできてるよね。すごくユニークだし」

ぼくは作業の手を休めることなく、ただだまってうなずいた。

メーガンはしばらくそこに立っていたけど、やがて席にもどっていった。

ぼくは、できあがった部品をお面にくっつけようと席を立ち、水をつけてからまた席にもどった。

うん、かなりいいできばえだ。

そういえば先生が、お面を素焼きしたあと、色づけしてもいいっていってたっけ。先生は、ぼくがこのお面を銀とか金とかそういうメタリックな色にぬると思っているだろう。だけどぼくがじっさい考えているのはこうだ。顔全体はまっ黒にして、部品のところだけ赤くぬるのだ。きっと、すごくかっこいいぞ。

授業はあっというまに終わり、気づいたときにはもう、みんなあと片づけをはじめていて、休み時間に入るところだった。

「みなさん、ちょっといいかしら」

キャノン先生がいった。

「教室を移動する前に、今からいう人は、E10の教室へ行ってもらいたいんだけど」

そういうと、先生はみんなの前で小さな紙を読みあげた。

「メーガン、ショーン、それから、オーエン」

メーガンとショーンが、けげんそうな表情で、たがいに顔を見合わせた。

なんだろう、いったい？

メーガンとショーンがさっそく教室を出ていく。ぼくはしかたなく二人のあとについて、指示された教室がある一角へと向かった。

E10教室の近くまでくると、入り口のところでぼくらを待つジェニングス先生のすがたが見えた。そのとたん、おなかのあたりがずしんと重くなった。

ぼくらに気づいた先生が満面の笑みをうかべた。

「やあ！　よくきてくれたね。さあさあ、中に入って」

まるで自分の家にでもまねき入れるみたいに、ジェニングス先生はぼくらを教室の中に通した。

「さてと、三人にきてもらった理由だが、じつは、来週、開館する予定の新しい図書館のことで、きみたちに話があってね。開館にあわせて式典をひらくことになっているんだが、きみたち三人に、ぜひとも協力してほしいんだ」

「協力って？」

ショーンがとまどったような顔でたずねる。どうやら、ぼくと同じくらい、警戒しているようだ。

「詩だよ！」

ジェニングス先生は、なにかすばらしいことでも発表するみたいに、うでを大きく広げていった。

「きみたち三人に、ひとつずつ詩を書いてきてもらいたいんだ。開館式に招待された人たちの前で読むのにね」

メーガンがぼくの方をちらっと見ていった。

「三人ともですか？」

メーガンが考えていることはわかる。なぜ、オーエンが入ってるの？そういいたいのだ。ぼくも、ちょうどそれと同じことを考えていた。

「そう、三人ともだ！」

先生はそういうと、さらにこうつづけた。

「詩については、きみたち三人が、いちばんよく理解しているからね。それぞれの作文を読ませてもらったが、三人ともよく書けていたぞ」

「なにについて書けばいいんですか？」

ショーンが質問する。

ジェニングス先生が時計をちらっと見た。そろそろ、次の授業に向かわなくてはならないのだ。

「テーマは自由だ。べつに長くなくてもいいぞ。ほんの数行でいいんだ。たとえば、そう、自分が好きなことをテーマにして書くとか」

ぼくは先生に、「みんなの前に立って詩を読むなんてむりです」といおうとしたけど、口をひらいたときにはもう、ジェニングス先生は行ってしまったあとだった。

一方、メーガンとショーンの二人は、教室を出もしないうちからもう、なにについて書こうかと話しはじめていた。かってに詩を読む役にされたことを、よくは思わないまでも、おとなしくしたがうつもりなのだ。

「わたし、走ることについて書こうかな」メーガンがいった。

足の速いメーガンは、これまでにも、あらゆるトラック競技で校内記録をぬりかえていた。

「ショーンはどうするの？ ショーンがいちばん好きなことって、なに？」

ショーンが、肩をすくめる。

「どうだろう。やっぱ、ゲームってとこかな。でもゲームについての詩なんて、どう書けばいいいんだ？」

つづいて二人は、ぼくの方を見た。

「オーエンはどうする？」メーガンがたずねた。「なにについて書こうと思ってるの？」

ぼくは、カバンを手にした。

「なにも」

そう答えてから、さらにこうつけくわえた。

「ぼくは、やらないから」

そして、休み時間の校庭へと出ていった。

4

休み時間のあとも、メーガンはじっとこっちを見ていた。ぼくは視線を感じても、わざと目を合わせないようにした。きっと、話しかける機会をねらっているのだ。

最後の授業が終わると、ぼくは持ち物をひっつかむようにして、だれよりも早く教室を出た。

そのまま校門まで走ると、公園へと向かった。

よし、こうなったら、母さんから学校に手紙を書いてもらおう。図書館の開館式には出られないって。その日はちょうど病院の予約が入っているとか、なにか理由がいるだろうけど……。いや、待てよ。たしか、病院が理由で学校を休む場合、病院からもらった予約の紙をコピーして、先生に見せなくちゃいけないんだった。だけど、そんな紙なんか持ってないし……。

なんだか気分が悪くなってきた。みんなの前で詩を読むなんて、できっこない。ぜったいにむりだ。

公園に着くと、そのままベンチに直行し、兵士に「やあ、また来たよ」と声をかけた。

今日は、サンドイッチを食べる気分じゃなかったので、カバンから取り出すと、そのままゴミ箱につっこんだ。

「あのさ、朝、起きてみたら、目の前に心配ごとがごろごろ転がってる感じって、わかる？」ぼくはさらにつづけた。

「それがさ、そのあと、あることが起こってみたら、朝なやんでいたことの方がましに思えてきて、朝にもどれたらいいのにって思うんだ」

兵士は両うでを足に置いた姿勢で、じっと地面を見つめている。

ぼくはカバンをわきにおいてすわり、同じポーズを取ってみた。兵士と同じように、ひたいにちょっとしわをよせ、じっと地面を見つめてみる。その姿勢のまま、しばらく動かずにいた。おたがいのすがたを鏡にうつしたみたいに。

「……ぼく、やりたくないんだよ」

じっと地面を見すえたまま、ぼくは打ち明けた。

「どうやったら、やらなくてすむかな？　どうせジェニングス先生のことだから、できないっていったところで、ぜったい聞いてくれやしないし」

ぼくは横目で兵士の方を見た。軍服に身を包んだ兵士は、ものすごく不安そうに見える。この兵士は、ぼくなんかとはくらべものにならないくらい、はるかに大きな心配ごとをかかえていたのだ。

ぼくは、兵士の冷たい石のうでに手を置いた。それから、ポンポンとやさしくたたくと、姿勢をもどした。

「そうだ！　ぼくの飛びこし技、見てみたい？　将来、スタントマンになったときのために、練習しているんだ」

ベンチから立ち上がると、風がさあっとふいて、木の葉が数枚、地面を舞った。

「見たいって？　ようし！　えっと、これも前転みたいに、かんたんそうに思えるかもしれないけど、こういう基本の技をマスターしてこそ、難度の高い技にも挑戦できるんだ」

　ぼくはベンチを見つめた。飛びこしは、まだ数えるほどしかやったことがない。それも、家のうら庭にある低い塀が相手だ。それとくらべたら、ベンチは高さも幅も、だいぶ上回っていた。

「飛びこしでだいじなのは、両手を正しい位置につくことだ」

　ぼくはユーチューバーの男の人がいってたアドバイスを思い出しながらそういうと、ベンチのうしろがわに回った。たぶんこの方向から飛ぶのが、いちばん成功するかくりつが高そうだ。

　うしろから見た兵士の背中は、右肩のあたりがくずれ、まるで撃たれたみたいに大きな穴があいていた。ぼくはいやな気分になり、さっと目をそらした。

「さてと。じゃあまずは、両手をこんな感じでつくんだ」

そういってベンチに両手を置く。

「次に、足をこうやってふって……」

ぼくは、左足をふりあげた。右足も引きよせようとしたそのとき、足がひっかかって、前につんのめった。そのまま落っこちて地面にぶつかる。目の前にはのびたうでが、あごには地面ですったようないたみがあった。

起き上がって、ひざをついてから服をたしかめると、シャツのそでが片っぽ、やぶれてしまっていた。

「えっと……、こんなはずじゃ、なかったんだけどな」

地面にひざをついたまま兵士の方をふりかえると、ちょうど視線が合うようなかっこうになった。その表情を見ていたら、なんだか急におかしくなってきた。

「そんな心配そうな顔しなくたって、だいじょうぶだよ。けがもしてないし」

そういって、すぐ目の前にある、ひたいにしわをよせた兵士の顔を見たら、とつぜん笑いがこみ上げてきた。しかも、どこからわいてくるのか、笑いはどんどんあふれてきて、気づいたときにはもう止められなくなっていた。

「あははは、あはっ……まったく……ははっ……、な、なに、考えてたんだろ……」

笑いすぎて息が苦しい。

「こ、こんな、高いもの……、飛びこそうなんてさ……。や、やったことも、ないくせに！」

ぼくはおなかをかかえて笑った。おなかに指がくいこんでいたくなるぐらいに。

それから、二、三回、深呼吸してから立ち上がり、シャツのやぶれ具合をたしかめた。

「この技は、まだ練習をはじめたばかりなんだ」

もう呼吸の方も、すっかり落ち着いていた。

「そろそろ行くね。じゃあ、また明日」

ぼくはそういうと、カバンを手に持ち、庭園を出た。

洗たくしてあるシャツはもう残ってないから、家に帰ったらちゃんと洗っておかなくちゃ。

5

次の日、ぼくは詩を読むつもりがないことを、ジェニングス先生に伝えることにした。本人が読まないといっている以上、先生だってむりに読ませることはできないはずだ。

ジェニングス先生の国語の授業は、来週まで入ってなかったけど、ぼくとしては早くいってしまって、すっきりしたかった。

その日、ジェニングス先生は休み時間の当番で、コーヒーをのみながら校庭に立っていた。

ぼくが前に立つと、先生は、ぱっと顔をかがやかせた。

「オーエンじゃないか！　どうだ、詩の進み具合は？」

ぼくは先生の目を見ないようにしていった。

「ぼく、やりません。それを伝えたくて」

ジェニングス先生が、コーヒーをひと口すする。

「……そうか。で、理由は？」

理由のことまでは考えていなかった。まさか、こわいからだなんていえないし……。

「……やりたくないんです」

そう答えると、二人のあいだに沈黙が流れた。

やがて、先生が口をひらいた。

「先生としては、ぜひきみに挑戦してほしいんだがな。今学期の作文の取り組みを見ていても――」

「だから、ぼくはやりたくないんです」

ぼくは先生の言葉をさえぎるようにいった。

「先生だって、強制はできないはずです」

そういって、先生の顔をじっと見すえる。

先生は口をすぼめて、うなずいた。

「わかった。じゃあ、詩はメーガンとショーンだけでやってもらおう。今からじゃ、ほかの生徒に声をかけている時間もないからね。知らせてくれてありがとう」

先生はそういうと、くるりと背を向け、ちょうどランチの包みを落とした子のところへ行ってしまった。

なんとなく心にもやもやしたものが残ったけど、ホッとした気持ちの方が大きかった。

なんだ。あんがい、あっけなかったな。

学校が終わると、ぼくはまっすぐ戦没者記念庭園に向かい、このことを兵士に報告した。

「ジェニングス先生は、ちっとも気にしてなかったよ」

兵士のとなりにすわり、ポテトチップスをかじりながら、ぼくはいった。

「そもそもぼくを選んだのだって、ただちょっとやる気を起こさせたかったってだけで、深い意味はなかったんだよ。いるんだよね、そういう先生。ときどき、相手をべつの人間に変えようなんて気を起こすんだ」

ぼくは、残っていたポテトチップスをかけらまできれいに平らげると、ふくろをゴミ箱にすてた。

「今日はもう、飛びこし技は、やめておくよ」

ぼくは、笑っていった。

「きのうのヘマで、ひざにでっかい青あざができちゃったんだ。見る？」

ぼくはズボンのすそをまくると、ひざのところを指さし、左右にひねってみせた。

「シャツも、結局、すてるしかなくなっちゃった。もう残っている制服のシャツは一枚だけ。だから、これからは――」

「なあんだ、ここにいたのね！」

いきなり声がして、ぼくはあわててまくっていたズボンのすそを下ろした。見ると、メーガンがこっちに向かって歩いてくる。

「こ、こんなとこで、なにしてるんだよ？」

ぼくが、メーガンをにらみつけるようにしてそういうと、メーガンはこう答えた。

「帰るとちゅう、公園に入っていくオーエンのすがたが見えたから。ねえ、詩の方は、どれぐらい進んだ？　わたしはだいたい書きあがったわ」

ぼくは帰ろうとして、カバンを持ち上げ、いきおいよく肩にかけた。

「詩だったら、やらないよ」

メーガンが顔をしかめる。

「なんで？」

ぼくは肩をすくめた。

「やりたくないからさ。今日、ジェニングス先生にも話してきた。先生もかまわないってさ。だから、詩を読むのは、きみとショーンだけだよ」

メーガンがおこったような顔をしていった。

「そんなの不公平よ。だけど、そこまでやりたくないっていうなら、先生も無理強いはしないだろうけど」

たがいの目をじっと見つめる。自分の顔が赤くなってゆくのがわかる。

メーガンが兵士のそばにより、兵士のうでに手を置いた。そして、その顔をもっとよく見ようと下にしゃがんだ。

「まだすごく若そう。いくつぐらいだと思う？」メーガンがたずねる。

「さあ。二十歳ぐらいかな？」

自分以外の人間と兵士がいっしょにいるところを見るのは、なんだかへんな気分だった。

しばらくしてメーガンは立ち上がるといった。

「だけど、残念よね。この兵士がいなくなるなんて。覚えているかぎり、ずっとここにいたのに」

えっ……？

ぼくは、こおりついた。

「い、今、なんていった？　いなくなるって、どういうことさ？　どこに行くっていうんだよ？」

メーガンは兵士の頭をぽんとやさしくたたいてから、ぼくの目をまっすぐに見つめた。

「たぶん、取りこわされるんじゃないかな」

さらにメーガンはこうつづけた。

「市議会でね、この公園全体を作り変えようってことになったの。だいぶ前の地元新聞に記事が出てたよ。うちのお母さんが教えてくれたんだけど」

ぼくは、メーガンをぼうぜんと見つめ、つづいて兵士を見た。

「な、なんのことだよ。ちっともわかんないよ」心臓がバクバクしている。「作り変えるって、どういうことだよ?」

「今あるものをぜんぶどけて、公園を新しく作り直すの」

メーガンはそう答えると、さらにこうつづけた。

「公園全体を改修して、新しく戦没者記念庭園としてオープンするみたいよ。知らなかった?」

メーガンの顔をまじまじと見つめる。口の中がカラカラだった。

ぼくは、メーガンにさっと背を向けると、家に向かってかけだした。

6

家に帰ったとき、母さんはまだパジャマすがたのまま、ソファでテレビを見ていた。そんな母さんをやさしく気づかえるだけの心のゆとりは、今のぼくにはなかった。

「なんで、まだ着がえてないんだよ？」部屋に入るなり、ぼくは母さんにいった。

母さんがこっちをふり返り、にっこり笑った。

「オーエン！　帰ったのね。学校はどうだった？　楽しかった？」

ぼくは母さんの問いかけには答えず、ソファをぐるっと回って、カーテンをあけにいった。

「この部屋、しめきってるから、すごく空気が悪いよ。まど、あけようか？」

ぼくがたずねても、母さんはただテレビ画面をじっと見つめたままだ。

「ねえ、母さん、まど、あけようか？」ぼくは、もういちど聞いた。

母さんが顔をあげ、ぼくの方を見る。

「あー……、ううん、だいじょうぶ。そんなこと気にしなくていいから、宿題をしてらっしゃい」

にっこり笑ってそういったけど、テレビ画面に向き直ったときにはもうその笑みは消え、いつもの暗い表情にもどっていた。

今朝、母さんのために用意したトーストのお皿が、手つかずのままテーブルの上にのっている。ぼくは顔をそむけて、二階へと上がった。

母さんだって、前からこんなふうだったわけじゃない。父さんがいなくなったあと、時間はかかったけど、ぼくと母さん、二人だけの生活にもなんとか慣れていった。

それが一年ほど前、母さんがだんだん変わりはじめた。はじめのうちは、ただうっかりしているだけに見えた。髪をとかすとか、お弁当を作るとか、そういうことをわすれるぐらいだった。ところが、そのあと仕事をやめてしまうと、その傾向はさらにひどくなった。

母さんはカメラマンで、以前は結婚式の記念写真とか家族写真の撮影なんかで、しょっちゅうあちこちを飛び回っていた。それがあるとき、仕事の予約を入れるのを、ぷっつりとやめてしまったのだ。

毎日、会社に行っていたのが、ある日とつぜん行かなくなるのとちがって、カメラマンの仕事は、もともと母さんひとりでやっていたから、まわりの人はだれひとりとして、母さんの変化に気づかなかったようだ。

仕事をやめてからの母さんは、パジャマから着がえることもなくなり、買い物もわすれるようになった。

母さんの友だちのケイトおばさんが、前はしょっちゅう電話をかけてきてくれたり、家をたずねてきたりしてくれた。そんなとき母さんは決まって、むりに笑ってごまかしたり、用事があるように見せかけたりした。今、ちょうどシャワーをあびているところだとか、これから写真の仕事で出かけなくちゃいけないとかいって。でも、玄関のドアを閉めるや、あるいは電話を切るなり、またすぐソファへともどっていくのだった。

前にいちど、ケイトおばさんがぼくにメッセージを送ってきたことがある。

オーエン、最近、順調かしら？　ここしばらく、ずっとお母さんと連絡が取れないんだけど。なにかできることがあったら、いつでも連絡してね。

ケイトより　心をこめて

ぼくはケイトおばさんに、なにもかも順調だから心配いらないよ、と返信した。今、母さんは仕事でいそがしいけど、そのうち連絡するはずだって。それに対するケイトおばさんからの返信はなかった。それでも、そのときもらったメッセージは消さずに取っておいた。テレビを見ている母さんを部屋に残して二階へひきあげたあと、ぼくは自分の部屋に入ってパソコンの電源を入れた。記念庭園の兵士の身に、これからなにが起きようとしているのか、知っておきたかったのだ。

検索結果の最初に出てきたページをひらくと、地元新聞の記事がのっていた。日付は四カ月前のものだった。

兵士の記念像、取りこわしが決まる

五十年にわたり、町の記念庭園のベンチにすわりつづけてきた兵士像が、このたびそのつとめを終え、処分されるはこびとなった。市議会のカミラ・ブロードリー氏によれば、今ある庭園をすばらしいものによみがえらせるため、改修計画を立てているとのことだ。

「兵士像がこれまで、この町の誇りであったことはいうまでもありません」ブロードリー氏は語る。「ただ、その兵士像も、今ではすっかり老朽化が進み、あちこちがいたんできています。市議会ではこの兵士像を撤去して、かわりに花だんや十字塔、新しいベンチを設置するなどして、ゆったりくつろげるスペースを整備する予定です。また、戦死者の名前を刻んだプレートについては、そのまま残す方向です」

うそだろ？　メーガンのいってたとおりじゃないか。あの兵士をこわすだって！　なんでだよ？　ああ、わかってるさ。ボロボロだっていうんだろ？　でも、取りこわさなきゃいけないほどじゃないぞ。

記事の下には、改修を終えたあとの庭園の完成予想図が小さくのっていた。そこには、ベンチがひとつと花だんが二つ、それに石の十字塔と、戦死者たちの名前が刻まれたプレートが描かれていた。兵士のいなくなった公園はがらんとしていて、なんだかものたりない感じがした。その完成図からさらに下に目をうつすと、次のような文面といっしょに、メールアドレスがのっていた。

市議会のこの計画についての、みなさんのご意見をお待ちしています。特集記事担当デスクあてに、ぜひメールをお送りください。送り先のアドレスは……。

ぼくは、ちょっと考えてみた。記事はだいぶ前のものだけど、工事自体はまだはじまっていない。ということは、まだ手は打てるはず……。

ぼくは、メールの画面をひらいて、次のような文章を打ちこんだ。

特集記事担当者さま

町の記念庭園にある、第一次世界大戦の兵士像のことで意見があってメールをしました。

ぼくは、あの兵士像をこわすことに反対です。

父さんがいってました。あの兵士像は、戦争で亡くなった兵士みんなを表しているんだって。兵士像の撤去はまちがっていると思います。

心をこめて

オーエン・フレッチャー

ぼくは気が変わらないうちに、さっさと「送信」ボタンをおした。

さて、これでよしと。新聞社にメールを送るなんてはじめてのことだった。

ぼくはつづけて、市議会のウェブサイトをさがした。

出てきたホームページには、市議会の中にある、いろんな「課」の名前がずらりとならんでいた。ぼくは、そのうちのひとつにあたりをつけ、ここで合っていますようにとねがいながら、「計画課」というところをクリックした。

そこのサイトには、計画課あての質問などを受けつけるためのメールアドレスがのっていた。ぼくは、さっき新聞社に送った文章を、そのままコピーしてメールにはりつけ、送信した。

そこまでやり終えると、ぼくはパソコンの電源を切り、夕食になりそうなものをさがしに下におりていった。

7

次の朝は、いつもよりちょっとだけ早めに家を出た。兵士のようすを確認しておきたかったし、今日にも工事がはじまりそうなきざしがないか、たしかめておきたかったのだ。

記念庭園の中に入っていくと、ひざの上にコカ・コーラのあきカンをのせた兵士のすがたが目にとびこんできた。頭には、うすよごれた古いふきんが巻きつけてある。そんなかっこうの兵士を目にしたら、なんだか胸がむかむかしてきた。

「こんなの、まだましな方さ」

そういって、頭のふきんを取りのぞくと、コーラのあきカンといっしょにゴミ箱にすてた。「とくに鳥のフンにくらべたらね」

ぼくは兵士のとなりにこしかけた。ベンチのうしろの木からはクロウタドリのさえずりが、遠くの大通りからは、バスの走る音が聞こえてくる。

「今日は、ひとつ伝えておかなきゃいけないことがあるんだ」

そう切りだすと、のどに苦いかたまりのようなものがこみ上げてきた。

「市議会がね、この記念庭園を改修するつもりらしいよ。つまり、その……いろんなところを、えっと……変える気なんだ」

それだけいうと、兵士の生気のない、不安げな顔を見つめた。ぼくはごくりとつばをのみ、先をつづけた。

「でも、だいじょうぶだよ。新聞社にメールを送っておいたから。あと、市議会にもね。計画を見直すよう、説得するつもりなんだ」

ぼくは、つとめて明るくそういうと、兵士のざらついたうでに手を置いた。そのまま兵士のそでの部分をさすったら、ふれたところから石がボロボロくずれ落ちた。

たしかに、いたんではいるけど、だからってこわさなくたって……。修理するとか、ほかにも方法はあるはずだ。

「問題は、市議会が兵士さんの大切さに気づいてないことなんだ。もしどうしても、わかってもらえないときは、ぼくが――」

「あら、また会ったわね」

いきなり声がして、ぼくはあわてて兵士から手をどけた。さっとあたりを見回すと、庭園の入り口にメーガンが立っていた。メーガンはなにかいいかけて、すぐまた口をつぐんだ。さっき、ぼくが兵士に話しかけていたのも聞かれてしまったはずだ。

ぼくはカバンを手に持つと、顔をふせ、ぎくしゃくした足どりでメーガンの前をすりぬけた。ほおがカッカしてあつい。石像の兵士に向かってぼくがしゃべりかけていただなんて、メーガンがだれかにしゃべってみろ。この先ずっと、うわさの的だ。

「ねえ、ちょっと待ってよ」メーガンが追いついてきていった。

「学校までいっしょに行こうと思って。ふだんは大通りを通るんだけど、たまには公園の方から行くのもいいかなって」

ぼくはメーガンを無視して歩きつづけた。

「兵士のところには、毎日行ってるの？」メーガンがたずねた。

「関係ないだろ」

ぼくはそういいはなつと、足を速めた。まだ顔がほてっている。

メーガンは、いっしゅんおくれを取ったものの、またすぐ追いついてきた。

「お母さんがいってたんだけど、もうじき工事がはじまるみたいよ」

ぼくの足が止まった。

「もう？　で、でも……」言葉がつかえて、うまくしゃべれない。

「な、なんで、そんなこと、わかるんだよ？　こ、こわすなんてだめだよ。まちがってるよ！」

メーガンは、下くちびるをつき出すようにしていった。

「わたしのお母さん、市議会で働いてるの。部署はちがうけど、お金とか予算をあつかう仕事だから、公園の工事のことにもくわしいのよ」

「だったら、工事をやめるよう、お母さんからたのんでもらえない？」

メーガンが肩をすくめる。

「どうかなあ……。たのんだところで、結果は、同じじゃないかな。もう決まってしまったことだし。それに、あの兵士の像、ボロボロだよ。このままほうっておくわけにも、いかないんじゃない？」

ぼくは首をふった。

「そんなことない。だいじょうぶだよ。修理さえすれば問題ないって。お母さんに伝えてよ。市議会がしようとしていることは、お金のむだづかいだって。いちから作り直すより、修理した方がぜったい安上がりだよ」

ぼくらはふたたび歩きだした。

「きっと、そういうことは、ちゃんと調べたうえで、決めたんじゃない？　議会っていうところは、なるべくお金を節約できる方法をいちばんに考えるものだし」

メーガンはそういったかと思うと立ち止まり、手をぼくのうでにのせてきた。

「あの兵士が、オーエンにとって、どうしてそこまで大切なのか、わかるような気がする。とくに、あんなことが――」

「わかるもんか！」

ぼくは、そういいはなつと、メーガンの手をふりはらった。それから、くるりと背を向け、足早に学校に向かって歩きだした。

こんどは、メーガンも追いかけてはこなかった。

8

その日は一日じゅう、どうやったら兵士を救うことができるか、そればかりを考えていた。

もし新聞社が、兵士の話に興味を持ってくれれば、記事にしてくれるだろう。そしたら、ほかにもぼくの意見にさんせいしてくれる人たちが出てきて、取りこわし反対運動みたいなことが起きるかもしれない。そうか。ほかの人たちの声、これこそが、今必要なものなんだ。ぼくひとりで立ち向かったところで、助けられっこない。

その日は、兵士のところには立ちよらず、まっすぐ家に帰った。きのう出したメールの返事が、新聞社か市議会からとどいているかもしれない。それを、すぐにでもたしかめたかった。

家に帰ってみると、キッチンで母さんがじゃがいもの皮をむいていた。しかも、ちゃんと服にも着がえている。ということは、今日は調子がいいんだ。

「ただいま」

ぼくが声をかけると、母さんが答えた。

「あら、帰ったのね。学校はどうだった？」

「楽しかったよ」

ぼくはキッチンのイスにこしかけた。

うすくむかれたじゃがいもの皮が、カウンターの上に落ちてゆく。

「ポテトチップスを作ろうと思ってるの。冷蔵庫を見たんだけど、たいしたものが入ってなくて」

そのことなら、ぼくも気づいていて、あとで近所のお店に行って、なにか調達してこようと思っていたところだった。

「ポテトチップスか、いいね。つけあわせに、魚のフライでも買ってこようか？」

母さんがぱっと笑顔になった。その目は、なみだでうるんでいた。

「ありがとう。うれしいわ」

そういうと、母さんはピーラーを下に置いた。

「オーエン、ごめんなさいね。このところの母さん、どうかしちゃってて……」

母さんは、さらにつづけた。

「でも、ちゃんとよくなるから。約束するわ。こうなったのは、あのときからよね、父さんが……」

「だいじょうぶだよ、ぼくなら」

母さんの言葉をさえぎり、ぼくはイスから立ち上がった。

「ぼく、やらなきゃいけないことがあるから。それが片づいたら、お店までひとっ走りしてくるよ」

そういうと、母さんがまた口をひらかないうちに、キッチンをあとにした。

パソコンのメール画面をひらいてみると、メールが二通とどいていた。一通は市議会の計画課からだった。ぼくは急いでメールをあけてみた。

オーエンへ

メールをお送りいただき、どうもありがとうございます。

戦没者記念庭園の兵士像が撤去されることについて、がっかりされているとうかがい、もうしわけなく思います。ただ、今の庭園を訪れればわかるかと思いますが、あの石像の状態はかなり悪く、戦死していった兵士たちの勇姿をたたえるのに、もはやふさわしいとはいえません。

一方、うれしいご報告として、庭園を新しくする工事が、もうまもなくはじまることをお伝えしておきます。

庭園が完成しましたら、またぜひご感想をお聞かせください。きっと気に入ってもらえることと思います。

心をこめて

カミラ・ブロードリー

メールを読みながら、心臓はバクバクしっぱなしだった。勇姿をたたえるのに、ふさわしくないだって？　よくも、そんなことがいえたもんだ！　ふさわしいに決まってるだろ！　これ以上ないってぐらい、ぴったりだよ。

ぼくはもう一通のメールをクリックした。地元の新聞社からだった。

オーエンへ

メールをどうもありがとう。

きみの意見、もっともだと思います。記念庭園から、あの兵士像のすがたが消えることは、大変悲しいことです。

ただ、もうしわけないのですが、このニュースはだいぶ前のものです。

工事の方も、もうまもなくはじまるでしょうし、今から市議会に計画の見直しをはたらきかけるのは、少々きびしいかと思います。

幸運を祈りつつ

特集記事担当　ガイ・エバンス

大変だ、どうしよう。新聞社が取り上げてくれなかったら、だれが関心を持ってくれるっていうんだ？

ぼくはパソコンの電源を切り、また下におりていった。

それから母さんにお金をもらい、魚のフライを買いに角の店に向かった。

魚のフライは、店の奥にある冷凍庫にあった。ぼくはフライをひとパックと冷凍の豆をひとふくろ手に取ると、レジのあるカウンターへと向かった。

積んである新聞のとなりに商品を置くと、レジの女の人がぼくの方をじっと見てきた。

「もしかして、新しく図書館ができるっていう学校の子？」

女の人はそういって、ぼくのつけているスクールネクタイをあごでしめした。

ぼくは、小さくうなずいた。

「新聞にも出てるよ。今どき、図書館を作ろうなんていう学校は少ないからねえ。どこの学校も閉めるいっぽうでさ」

そういいながら商品をレジに通してゆく。

「そこの一面にのってるよ」

レジの女の人はそういうと、新聞の山のてっぺんを軽くたたいた。

ぼくは、新聞の表紙のすみにのっている、小さな記事に目をやった。

市長、学校図書館の開館式に出席

月曜日にチャーリントン校で行われる、新しい図書館のオープニングセレモニーに、市長が市議会のメンバーや同校の生徒、教師とともに出席することになった。市長とともに式に出席する市議会議員のカミラ・ブロードリー氏は、次のように語っている。「新しい学校図書館のオープンに立ち会うたび、期待に胸がふくらみます。今回の式典に出席できることを大変光栄に思い……」

ぼくは買ったものを受け取り、店を出た。

家に向かって歩きながら、ぼくの心は葛藤していた。メールをくれたあの市議会の人が、月曜日の開館式にやってくる。そしてその式には、ぼくも参加することができる。もし、みんなの前で詩を読むならばの話だけど。

もしかして、ぼくにできる？

カミラ・ブロードリーさんに、あの兵士のことを考え直してもらうことが……。

9

月曜日の朝、ぼくはぐったりして目を覚ました。前の日の夜おそくまで起きて、詩を書いていたせいだった。

詩は、週末じゅうかけて書きあげたわりには、満足のゆく出来ではなかったけど、とにかくやるしかない。

ぼくは紙をたたんでカバンに入れ、母さんに「いってきます」といって家を出た。

公園に入っていくと、記念庭園のわきの芝生にトラックが一台とまっていた。男の人が二人、トラックの荷台から金あみのフェンスを下ろしては、地面に積み上げている。これからはじまる工事のため、その一帯をフェンスで囲おうとしているように見える。男の人たちは、しばらくのあいだ、そこに立ってなにか話し合っていたけど、やがてまたトラックに乗りこむと、そのまま走り去っていった。

ぼくは、庭園の入り口の生垣に向かってかけだした。なみだで目の奥がちくちくする。

兵士は？　と見ると……いた！　ちゃんといつもの場所にいる。つまり、まだ望みはあるということだ。

学校には早めにつくようにした。ジェニングス先生を見つけて、気持ちが変わったので詩を読ませてほしいとたのむためだ。

ジェニングス先生は図書館で、イスをならべて式典の準備をしていた。

完成した図書館を目にするのは、これがはじめてだった。どこもかしこもピカピカで、ぬりたてのペンキと、まあたらしい本のにおいがした。とにかくすてきな図書館だった。

ぼくがやっぱり詩を読みたいというと、ジェニングス先生はかなり面食らったようすだったけど、メーガンのあとに読んでいいといってくれた。

先生は、ぼくのうでをしっかりとにぎっていった。

「がんばったな、オーエン。お父さんのこととか、いろんなことがあって、本当に大変だったろう。オーエンの詩、すごく楽しみにしてるからな」

ぼくは、先生にうなずいてみせると、一時間目の授業へと向かった。

式典がはじまるのは午後二時。メーガンとショーン、それにぼくの三人は、したくをする時間も考えて、一時半に図書館に向かうことになった。

緊張しているせいか、なんだか気分が悪い。あのメーガンですら落ち着かないようすで、ひっきりなしにしゃべっている。

「ねえ、オーエンは、なにについて書いたの？　わたしはね、走ることよ。競走しているときの感じを詩にしたの。ねえ、ショーンは、なににした？　やっぱりゲーム？　マイクを使わせてもらえるといいんだけど。ねえ、マイクってあると思う？」

次から次へと聞いてきて、答えるひまもない。だからぼくも、むりに答えようとはしなかった。

図書館には、もうすでに何人かのお客さんが到着して、席につきはじめていた。最前列のイスには、「招待席」と書かれた紙がはられ、下の方に名前が書いてある。市議会のカミラ・ブロードリーさんの席は、最前列のちょうど真ん中あたりにあった。

むこうからジェニングス先生がやってきた。

「やあ、みんなそろったな！　準備はいいかい？」

先生の指示で、ぼくらははしっこに用意された三つの席にすわることになった。中央には演台が置かれ、マイクが用意されている。そこで詩を読みあげるのだ。そう思ったら、ひざがガクガクふるえだした。

「まずはじめは、校長先生のスピーチだ。みんなに感謝の言葉をのべられることになっている」ジェニングス先生が説明する。

「校長先生のスピーチにつづいて、ぼくが五分ほど、読書や本、それから……ジャズについて話す」

先生はそういいながら、まるでこれからダンスでもはじめるみたいに、両手をふってみせた。ショーンがあきれたように鼻を鳴らす。

「それが終わったら、ショーン、きみの出番だ」

先生はさらに説明をつづけた。

「それぞれ、まず、なにについての詩なのか、かんたんに紹介してから読みはじめるように。ショーンが終わったら、メーガン、きみの番だ。そして、オーエン、きみが最後をしめくくる。みんな、わかったかな？」

ジェニングス先生は、ひととおりの説明を終えると、大きくにっこり笑った。それから、展示されている本が一冊、さかさまに置かれているのに気づき、あわてて直しに行った。

ぼくら三人は席についた。メーガンはひざを上下に軽くゆすっている。

図書館の中はこぢんまりとしていた。式典に呼ばれた生徒たちが数人、うしろの方の席につきはじめた。

心臓が、今にもからだをつきやぶって出てきそうなぐらいドキドキしている。今からでもジェニングス先生を呼んで、やっぱりできませんって、辞退した方がいいんじゃ……。

「オーエン、だいじょうぶ？　顔がまっ赤よ」メーガンが心配そうに声をかけてきた。

ぼくはごくりとつばをのみこんだ。緊張で口の中がカラカラだった。

「ぼく、やっぱり……むりだ」

そういうと、メーガンに向かって首をふった。

メーガンが、けげんそうな顔でぼくを見る。

「できるわよ。不安になったら、自分は勇かんだってフリをするの。わたしは、いつもそうしてるわ」

ぼくはもういちど、つばをのみこんだ。のどがヒリヒリといたむ。なにかでのどをうるおさなきゃ……。ぼくは目を閉じて、呼吸に意識を集中させた。

次に目をひらいたとき、最前列の席は、すでに人でうまっていた。カミラ・ブロードリーさんも自分の席について、となりの男の人に笑顔を向けている。感じがよさそうな人だ。やさしい目をしている。

「オーエンは、なんの詩にしたの？」

ショーンが、メーガンのむこうから身を乗り出してたずねてきた。

答えようと口をひらいたとき、校長先生がマイクをコンコンとたたく音がして、スピーチがはじまった。

「みなさん、ようこそいらっしゃいました！　この特別な日に、こうしてみなさまをおむかえできますことを、校長として大変よろこばしく思います……」

校長先生はつづいて、このようなすばらしい図書館がこの学校にあることを、大変ほこりに思うとのべた。

ひざに置いた手がブルブルとふるえだした。こんなことをして、本当に意味なんてあるんだろうか？　ぼくひとりが、いくらがんばったところで、なんの力にもなれないし、だいいち、もう手おくれかもしれないんだぞ。工事の人たちだって、今日にも取りこわし作業に入りそうなようすだったじゃないか。今ごろもう、あの兵士は粉々になっているんじゃ……。そう思ったら、目になみだがにじんできた。泣いちゃだめだ。

こんなにたくさんの人たちの前で、泣くわけにはいかない。

校長先生のスピーチが終わり、ジェニングス先生がマイクの前に立った。集まった人たちが拍手をする。先生は、ひとりひとりの人生において、物語がいかに大切なものかということを話しはじめた。

ショーンが、ポケットから詩の書かれた紙を取り出し、読む準備に入った。広げた紙に書かれていた詩は、ほんの数行ていどしかなかった。

まもなくジェニングス先生の話が終わり、いよいよショーンの番になった。先生は、せい大な拍手をもってむかえるよう、会場のみんなをうながした。

ショーンが立ち上がり、マイクの前へと移動する。

「こんにちは」

ショーンはまず小さな声であいさつした。

「ぼくは、ゲームについての詩を書きました。なぜなら、コンピューターゲームで遊ぶのが好きだからです」

ジェニングス先生のうめくようなしぐさに、会場から笑いが起こる。

ショーンが詩を読みだした。

使用する武器を選び
ボタンをおす……。

ショーンの詩は、なかなかうまく書けていた。韻をふんではいなかったし、そんなに長くはなかったけど、みんなは笑顔で耳をかたむけ、ショーンが読み終えると、温かい拍手が送られた。

紙をたたみ、ショーンが席にもどってきた。

つづいてジェニングス先生はメーガンを呼び、会場のみんなが拍手した。

メーガンは席を立ってマイクの前まで行くと、こうはじめた。

「メーガンといいます。好きなことは、走ることです。わたしは、競走に勝ったときの気持ちを詩にしました」

それからメーガンは視線を下にうつすと、紙に書かれた詩を読みはじめた。

スタートの合図が鳴りひびき、
いきおいよく、トラックにかけだす。
コーナーをぐるっとまわり、
うしろから追いあげてくる……。

メーガンの朗読はすごくうまかった。集まった人たちはみな、席から身を乗り出してその詩に聞き入った。最後の、ゴールラインをかけぬける栄光のシーンでは、会場全体が歓喜にわき、大きな拍手に包まれた。

メーガンは、てれ笑いしながら席にもどってきた。

つづいて先生が、ぼくの名前を読みあげた。

みんなが拍手するのが聞こえる。

それなのに、からだが動かない。まるでこおりついたみたいに席から立てない。

メーガンがひじで軽くつっついて、小声でいった。

「だいじょうぶよ。フリだけでいいから。勇かんなフリをすればいいの」

ぼくはメーガンの方をふり返り、それから公園のベンチにいる兵士のすがたを思いうかべた。あの兵士が、どんなに勇かんだったかを考えた。

そしてぼくは、書いてきた詩を読むため、ゆっくりとイスから立ち上がった。

10

マイクに向かうあいだも、足はガクガクふるえっぱなしだった。ようやく演台にたどりつくと、ぼくは台にしがみついた。

ジェニングス先生がぼくに向かって、いいぞ、と親指を立て、満面の笑みを送ってきた。市議会のカミラ・ブロードリーさんも、こっちを見ながらやさしくほほえんでいる。

ぼくは、せきばらいをしてから、こうはじめた。

「ぼくは、オーエン・フレッチャーといいます。それで、ぼくは……、その……」

そこで言葉につまり、ぼくは顔を上げて前を見た。たくさんの人を前にして、急にのどがしめつけられる。口をあけても声が出ない。顔が焼けるようにあつくなる。

ジェニングス先生の方を見ると、心配そうな表情をうかべている。ほかにも何人かがうつむいて、自分の手を見つめている。うしろの方で、だれかがコホンとせきをした。

ぼくは、ごくりとつばをのんだ。さらに、もういちど——。

やっぱり、だめだ。ぼくは目を閉じ、深呼吸をしてみた。それから、もういちど目をあけた。

「ぼくの名前はオーエン・フレッチャーです」

もういちど、はじめからやり直す。そして、カミラ・ブロードリーさんの方をまっすぐに見つめた。カミラさんが目をぱちくりさせ、ふしぎそうにぼくを見つめ返す。あのメールの名前だって気づいてくれただろうか。

「ぼくは、父さんのことを詩にしました」

さらにこうつけくわえる。

「それから、この詩を、戦没者記念庭園のベンチにすわっている、石の兵士にささげたいと思います」

会場がしいんと静まり返る。ぼくは詩の書かれた紙をひらき、演台の上に置いた。

さあ、いよいよだ。あの兵士を救うときがきたんだ。

ぼくは軽くせきばらいしてから、詩を読みはじめた。

なんでもないもの

オーエン・フレッチャー

なんでもないものだけど、
見ると思い出すんだ。
食器棚（しょっきだな）のマグカップ、
青い服（ふく）を着（き）た、よそのおじさん。

石の兵士（へいし）を見ると、
ぼくは笑顔（えがお）になる。
その兵士（へいし）も、今やすっかりボロボロだ。
作られて、もうずいぶんになるから。

ぼくの父さんは、戦争へ行った。
そして、もどってこなかった。
もう、ぼくの笑い声を聞くこともない。
石の兵士のように。

ひとりが、いなくなった今、
もうひとりが、そばにいてくれなきゃ。
石の兵士を守って。
もうぼくから、うばわないで。

——ふう、読めた。ちゃんと最後まで読みきれたぞ。

なのに、会場は静まり返ったまま、ひとりの拍手も聞こえてこない。

ぼくはうつむいたまま、紙を折りたたんだ。

うそだろ？　みんな、ぼくの詩にうんざりしたってこと？　まさか、
こんなことになるなんて……。

ぼくは、大きく息をついた。それから顔を上げ、みんなの方を見た。

そのときだ。いきなり会場いっぱいに、われんばかりの拍手がわき起こったのだ。

ぼくはいっしゅん、なにが起こったのかわからなかった。会場のみんなが、ぼくに笑顔を向け、むちゅうで手をたたいている。中には立ち上がって拍手をしている人までいる。

カミラ・ブロードリーさんは、と見ると、目じりをティッシュでおさ

えながら、バッグの中をさぐっているところだった。カミラさんは、やがてスマホを取り出したかと思うと、耳におしあてながら、会場の外へと出ていった。

ジェニングス先生がやってきて、ぼくの背中をぼんとたたいた。

「オーエン、よくやったな。ありがとう」

先生の目にはうっすらなみだがうかび、キラキラしていた。

「なんというか……本当に、最高の詩だったよ」

ぼくは、にっこりほほえむと、メーガンとショーンたちが待つ席へと向かった。

席にもどってきたとき、二人はまだもうれつに手をたたいていた。

ぼくは自分の席にこしかけた。

よし、これで、できることは、ぜんぶやりきったぞ。

11

家への帰り道、メーガンがあとから追いついてきた。

「オーエンの詩、最高によかったよ」

メーガンはさらにこういった。

「みんなの前であんなふうにいうのって、すごく勇気がいると思う」

ぼくは、にっこり笑ってうなずいた。

もう、からだじゅうが、くたくただった。だけど、家に帰ったら、またすぐ買い物に出なくちゃいけない。母さんが、夕食のことにまで気が回らないのはわかっているから。

公園の前までくると、メーガンが足を止めていった。

「……あのね、オーエン、お父さんのこと、本当に残念だったね。きっと、ものすごくつらかったと思う。オーエンにとっても、お母さんにとっても」

「ありがとう、メーガン」

父さんの話は、学校じゅうが知っていた。でも、ひとりとして、ぼくにその話をしてきたことはない。

ぼくの父さんは、陸軍で働いていて、二年前、シリアに派遣された。そして、戦没者記念庭園のプレートに名前がある兵士たちと同じで、二度と帰ってくることはなかった。

「じゃあ、また明日ね」

そういうと、メーガンは大通りの方へと向かい、ぼくはそのまま公園に入っていった。

今朝、男の人たちがトラックから下ろしていった金あみのフェンスが、記念庭園の生垣を取り囲むようにして、ぐるりとはりめぐらされている。ぼくは、庭園の入り口へと急いだ。

兵士のすがたは、まだそこにあった。工事は、まだはじまっていなかった。フェンスにそってしばらく歩くと、ちょっとしたすきまがあったので、そのすきまから中に入った。

兵士のそばまで行き、となりにこしを下ろす。兵士は、両うでを足に置き、地面をじっと見つめている。

ぼくは、兵士のうでに手をのせてみた。うではひんやり冷たくて、ざらざらとした感触が手に伝わってくる。さらにぼうしの下をのぞきこみ、その悲しそうな目を見つめた。

「もう、こわがらなくたっていいんだよ」

兵士のうでに頭をもたせかけると、目からなみだがこぼれた。

「やくそくするよ。ぼく、ぜったいに、わすれないから……。毎日、かならず思い出すからね」

そういうと、ぼくは目を閉じ、泣いた。なみだがかれて、もう出なくなるまで泣いた。

それから、顔についたなみだをぬぐい、そのぬれた手で兵士のほおをなでた。そのあと、ベンチから立ち上がり、兵士の頭のてっぺんにキスをした。

そして、ぼくは兵士にくるりと背を向け、家へと帰っていった。

12

次の朝、母さんはベッドから起きてこようとはしなかった。

いつもなら、ぼくが学校へ出かける前には起きてきて、お茶だけは口にするのだけど、今日はその気力もないみたいだった。

ぼくは母さんの部屋に行ってみた。

「じゃあ、行ってくるね」

そういって、ベッドわきのテーブルに、お茶の入ったマグカップを置こうとしたときだ。父さんのセーターが目にとまった。セーターは、母さんとならぶようにして、羽毛布団の上にねかせてあった。

「……ありがとう、オーエン。楽しんできてね」

くぐもった声で母さんがいった。

ぼくは、いつものように公園の中を通って学校へ向かった。記念庭園のところまできたとき、工事の人たちが見えた。朝早くから、もう作業に取りかかっているのだ。

オレンジ色のジャケットを着た男の人がひとり、歩き回りながら、だれかと電話で話をしている。

金あみのフェンスが、一枚だけはずれていて、そこから庭園の入り口に行けるようになっていた。ぼくは、男の人が背を向けているすきに、こっそり入り口の方に回りこみ、ベンチの方をのぞき見た。

そのしゅんかん、胸がつぶれそうになった。
ベンチはからっぽだった。
兵士がいなくなっていたのだ――。

13

その日は、国語の授業からだった。ジェニングス先生は、メーガンとショーンに、クラスのみんなの前でもういちど詩を読んでほしいとたのんだ。

先生はぼくにも小声で、よかったら読んでみないか、といってきたけど、ぼくはことわった。ジェニングス先生も今回はただうなずき、わかった、といっただけで、それ以上すすめることはしなかった。

そのあとのことは、ぼんやりしていてよく覚えていない。兵士のこと

がずっと頭にあり、今ごろもう粉々にされてしまったんじゃないかと、そればかりを考えていた。

そんなぼくを、メーガンが心配そうな顔でじっと見ていた。

いちど、お昼の時間に話しかけられそうになり、ぼくはにげるようにして、その場をはなれた。だれとも話すような気分じゃなかったのだ。

今日みたいな日は――。

学校が終わると、ぼくは公園の中をかけぬけるようにして帰った。

公園には工事の人たちがいて、コンクリートの舗装をくだいては、大きな破片をトラックの荷台に放りこんでいる。その破片の中に、兵士のかけらが交じっているかと思うと、こわくて目を向けられなかった。

家に帰ってみると、母さんはまだベッドの中だった。朝、ぼくが用意していったお茶が、すっかり冷たくなってベッドわきのテーブルにのっている。

ぼくは、なにもいわなかった。買い物に出るような気分じゃなかったので、夕食はトーストかなにかですませることにした。

ぼくは自分の部屋へ入ると、パソコンの電源を入れ、ベッドの上にこしかけた。そのままじっとカーペットを見つめていたら、とつぜん、さみしくてたまらなくなった。

父さんがいなくなり、あの兵士もいなくなってしまった。次は、母さんまで、いなくなってしまうんじゃ……。

そのとき、パソコンが「ポン」と音を立て、新着メールがあることを知らせた。受信トレイをあけると、メールはカミラ・ブロードリーさんからだった。ぼくは急いでクリックし、中身を読んでみた。

親愛なるオーエン

きのう、あなたが学校で読んでくれた、あのすばらしい詩には、とても心を打たれました。そのことをぜひお伝えしたくてメールをしました。

オーエン、あなたは、本当に勇気がありますね。きっと、あなたのお父さまも、大変ほこりに思っていらっしゃることでしょう。

あのあと、市議会のなかまとも話をし、記念庭園の改修計画を少しばかり変更することにしました。また近いうちに、あらためてご連絡させていただきますね。

心をこめて
カミラ・ブロードリー

変更って？　いったい、どこをどう変えるっていうんだろう？　期待で胸がドキドキし、なんだか落ち着かない。だけど、どれだけ期待がふくらもうと、すでに兵士がいなくなってしまったという事実が変わるわけではなかった。がんばったけど、結局、兵士を救うことはできなかったのだ。

そのとき、母さんのすがたが思い浮かんだ。となりの部屋で、ずっとベッドにねたきりの母さん。このままでは、ぼくは母さんまで失ってしまう……。

ぼくはカバンからスマホを取り出した。画面をスクロールしてゆき、前に母さんの友だちのケイトおばさんが送ってくれたメッセージのところで手を止める。それから、返信ボタンをおし、メッセージを打ちこんでいった。

こんにちは、ケイトおばさん。
オーエンだよ。
ちょっと助けてもらいたいんだけど。

14

それから何週間かたったある日、家に一通の手紙がとどいた。あて名には、「オーエン・フレッチャーさま」とある。

あけてみると、ぼくと母さんあての招待状が出てきた。今週末に行われる予定の、新しい記念庭園のオープニングイベントの招待状だった。招待状には、カミラ・ブロードリーさんの手書きのメッセージも、そえられていた。

「当日、お会いできることを楽しみにしています。カミラより」

新しい庭園がオープンするという日、朝、ケイトおばさんがぼくらのようすを見に家までやってきてくれた。

あのメッセージを送ってからというもの、ケイトおばさんはほとんど毎日のようにぼくらのところに顔を出しては、母さんをお医者さんにつれていってくれるようになった。

まだ昔の母さんにはほど遠いけど、それでも少しずつ、前の母さんを取りもどしつつあった。

その日は、ぼくがジーンズにシャツというかっこうで、母さんは緑のドレスを着ることにした。その服を着ている母さんを目にするのは、すごく久しぶりだった。

そんなぼくらを見て、ケイトおばさんがいった。

「二人とも、すごくすてき。さあ、そろそろ出かけないと。二人が出かけているあいだに、わたしはお昼のしたくをしておくわ。めいっぱい楽しんできてね」

母さんは、こまったような、もうしわけないような顔をして、ケイトおばさんのうでにそっとふれた。

「……ありがとう、ケイト」

二人で庭園に向かって歩いていると、母さんがうでを組んできた。いつものぼくだったら、人前でそういうことをされると、すごくいやがるけど、今日は気にならなかった。

「庭園、どんなふうに変わったのかしら。わくわくするわね」

ぼくはうなずいた。たしかに、わくわくする気持ちもあったけど、緊張の方が大きかった。

生垣の前には、すでにちょっとした人だかりができていた。まっ赤なリボンテープが、入り口にゆわえつけられている。中をのぞこうとしたけど、人が多くてよく見えない。入り口近くに、陸軍の服を着たおじいさんたちが、五人立っているのが見える。そのうちのひとりの胸は、勲章でびっしりうめつくされていた。

カミラさんが、ぼくに気づいて近づいてきた。今日のカミラさんは、明るいむらさき色のドレスを着こみ、なんだかこれから結婚式にでも出るかのようだ。

「オーエン！　来てくれたのね。よかった！　ごいっしょにいらっしゃるのは、フレッチャー夫人ですね」

カミラさんが母さんとあくしゅする。

「市議会のカミラです。本当に、すばらしいむすこさんですね」

母さんは、顔をちょっと赤くしてから、笑顔でいった。

「そうなんです。この子はわたしのすべてですから」

ぼくは、カミラさんにたずねた。

「兵士は、どうなったんですか？」

カミラさんが口をひらきかけたとき、だれかがやってきて、カミラさんのうでにふれ、なにかを伝えた。いよいよオープニングセレモニーがはじまるのだ。

ぼくは、もういちど、人ごみのむこうにある庭園の方を見やった。まだ人が多すぎて、よく見えない。

カミラさんのあいさつがはじまった。

「本日は、おこしいただき、ありがとうございます……」

カミラさんは庭園の入り口に立って、まず、戦争に出かけていった地元の兵士たちの話をしたあと、順番に名前を読みあげていった。ベンチの近くにあったプレートに名前が刻まれていた人たちだ。

全員の名前を読み終えたカミラさんは、つづいてお祈りの言葉をささげた。

それが終わるとこんどは、かつて兵士だったおじいさんたちに、テープカットと、新しい庭園のオープンの宣言をおねがいした。

勲章を胸いっぱいにつけた、元兵士のおじいさんが前に進み出て、ピカピカ光る銀のはさみを手に、テープのそばに立った。

「今日こうして、新しい記念庭園のオープンを宣言できますことは、わたしにとって、大変なよろこびであります」

元兵士のおじいさんはそういってから、テープを切った。

集まっていた人たちがいっせいに拍手した。それから、みんなは新しくなった庭園をひとめ見ようと、移動をはじめた。

母さんも、みんなにつづいて動きだした。ぼくだけが、まるでこおりついたみたいに、その場から動けなかった。

「見ないの？」母さんがたずねた。

「先に行ってて。ぼくは、もう少し人がすいてからにする」

ぼくがそういうと、母さんは、庭園に向かう人たちの流れにくわわった。

生垣のむこうから、みんなが楽しそうにおしゃべりする声が聞こえてくる。

そのとき、カミラさんとふと目が合い、ぼくはごくりと息をのんだ。でも、カミラさんはうなずいてみせただけで、こちらにやってくることはなかった。

　ぼくは、そのまましばらくそこに立っていた。やがて、庭園にいた人たちが、ぞろぞろと帰りはじめた。みんな満足そうな笑みをうかべている。

　ぼくは、庭園の入り口の方に少しだけ移動してみた。庭園の中は、母さんもふくめて、もう数えるほどの人しか残っていなかった。

　ぼくはドキドキしながら、ゆっくりと一歩ずつ、庭園の中へと足をふみ入れていった。

　右に目をやり、兵士がいつもすわっていた場所を見る。そこに兵士のすがたはなく、新しく花だんが作られていた。バラの木が何本か植えられ、花のあいだを白いちょうちょうが、ひらひら飛んでいる。

　正面に目を向けると、まあたらしいベンチが置かれていた。ベンチには、顔に陽の光を受けながら、母さんがすわっていた。その母さんのとなりに、べつの人かげが見える。前かがみの姿勢で、両うでを足に置き――。

あれは石の兵士！　もどってきたんだ！

ぼくはベンチまで行ってみた。

「あら、オーエン」母さんが目をあけていった。

「ここ、とってもすてきじゃない？　こうしていると、すごく心が落ち着くわ。これからは、ちょくちょく来てみようかしら」

ぼくは、石の兵士のとなりにこしかけた。兵士はすっかり修復されていた。欠けていたあごの部分はきれいに直り、足もちゃんと先までそろっている。うしろをのぞくと、背中にあった穴も、しっかりうめてあった。ぼくは、にっこりしていった。

「ねえ、もしよかったら、またいっしょに来ようよ」

そう、母さんにさそいかける。

「カメラを持ってきて、写真をとってもいいしさ」

母さんがぼくに笑顔を向ける。

「それはいいわね」

それから、母さんはもういちど目を閉じた。ふりそそぐ日ざしを受け、その顔はかがやいて見えた。

ぼくは、ぼうしのかげになっている兵士の顔をのぞきこんだ。その目は、あいかわらず地面をじっと見つめている。でも、その表情は前とはちがい、もう不安そうには見えなかった。口元には、笑ったときにできるような、しわまである。ほんのちょっとしたことだけど、それがあるおかげで、前より顔つきがおだやかになったように見えた。

ぼくは大きく息をつくと、兵士のうでをぽんぽんとやさしくたたいた。それからその耳元にそっとささやいた。

「また会えたね、兵士さん」

著者略歴
リサ・トンプソン（Lisa Thompson）
イギリスの児童文学作家。BBCラジオや番組制作会社に勤めたのち作家に。デビュー作『The Goldfish Boy（未邦訳）』で2018年カーネギー賞、ブランフォード・ボウズ賞など複数の賞にノミネートされ注目を集める。また、本書『Owen and the Soldier（ぼくと石の兵士）』は、2020年ブルー・ピーター・ブック賞、およびチルドレンズ・ブック賞の最終候補となっている。

訳者略歴
櫛田理絵（くしだ・りえ）
滋賀県生まれ。早稲田大学法学部卒業。英語圏の児童文学作品を中心に紹介、翻訳を行っている。訳書に『ぼくとベルさん』（第64回青少年読書感想文全国コンクール課題図書）、「まさかのハッピーエンド」シリーズ（以上、PHP研究所）などがある。日本国際児童図書評議会（JBBY）会員。東京都在住。

ブックデザイン●城所潤（ジュン・キドコロ・デザイン）
装画・挿絵●早川世詩男

ぼくと石の兵士

2020年11月26日　第1版第1刷発行
2021年6月8日　第1版第2刷発行

著　者　リサ・トンプソン
訳　者　櫛田理絵
発行者　後藤淳一
発行所　株式会社 PHP研究所
東京本部　〒135-8137 江東区豊洲5-6-52
児童書出版部　☎03-3520-9635（編集）
普及部　☎03-3520-9630（販売）
京都本部　〒601-8411 京都市南区西九条北ノ内町11
PHP INTERFACE　https://www.php.co.jp/
組　版　株式会社PHPエディターズ・グループ
印刷所　凸版印刷株式会社
製本所　東京美術紙工協業組合

ISBN978-4-569-78956-9

NDC933　126P　20cm